Analyse de l'œuvre

Par Juline Hombourger
et Nasim Hamou

La Civilisation, ma mère !...

de Driss Chraïbi

Rendez-vous sur lepetitlitteraire.fr et découvrez :

Plus de 1200 analyses
Claires et synthétiques
Téléchargeables en 30 secondes
À imprimer chez soi

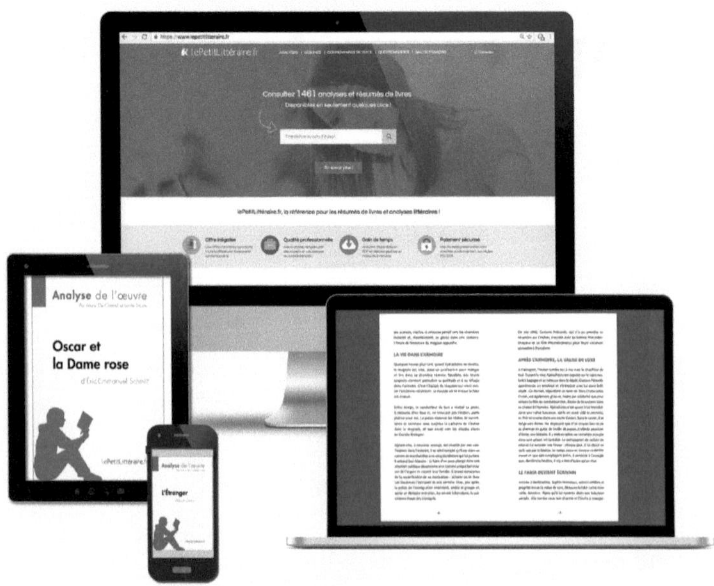

DRISS CHRAÏBI

ÉCRIVAIN MAROCAIN
DE LANGUE FRANÇAISE

- **Né en 1926 à El Jadida (Maroc)**
- **Décédé en 2007 à Valence**
- **Quelques-unes de ses œuvres :**
  - *Le Passé simple* (1954), roman
  - *Les Boucs* (1955), roman
  - *L'Homme du livre* (1995), roman

Driss Chraïbi, né au Maroc en 1926, s'installe en France en 1945. Il devient alors ingénieur pour ensuite se reconvertir en producteur à l'ORTF à Paris et en enseignant à l'université Laval de Québec. En parallèle, il poursuit sa carrière d'écrivain de langue française.

Il est surtout connu pour sa première œuvre intitulée *Le Passé simple* qui, lors de sa parution, est accueillie favorablement en France, contrairement au Maroc. En effet, on lui reproche de critiquer les traditions marocaines. Plus tard, la revue *Souffle* lui consacre un numéro qui permet de le réhabiliter auprès des élites de son pays natal.

Ses livres donnent à voir un esprit épris de liberté qui n'hésite pas à dénoncer ce qu'il conçoit comme injuste. Ainsi, l'auteur critique aussi bien l'exploitation des travailleurs immigrés en France dans *Les Boucs* que l'échec des indépendances africaines dans *L'Âne* (1956). Il s'éteint en 2007.

LA CIVILISATION, MA MÈRE !...

L'ÉMANCIPATION DE LA FEMME VIS-À-VIS DES TRADITIONS

- **Genre :** roman
- **Édition de référence :** *La Civilisation, ma mère !...*, Paris, Gallimard, coll. « Folio », 1972, 180 p.
- **1re édition :** 1972
- **Thématiques :** famille, mère, éducation, savoir, évolution, questionnement, traditions musulmanes, différences culturelles, émancipation de la femme

La Civilisation, ma mère !... est le cinquième roman de Driss Chraïbi. L'œuvre est divisée en deux parties : tandis que la première, « Être », est narrée par le jeune fils, la seconde partie, « Avoir », est prise en charge par l'ainé Nagib. Le récit est chronologique : les deux parties se partageant entre, d'une part, l'enfance et l'adolescence du premier narrateur et, d'autre part, le début de l'âge adulte. Dans les deux cas, le sujet des deux frères est leur mère tant aimée qu'ils encouragent à se libérer du joug des traditions. L'histoire se situe, au départ, dans le Maroc des années trente. Cet ouvrage est le premier de la littérature marocaine à s'intéresser à la question de la femme.

RÉSUMÉ

LE POIDS DES TRADITIONS

Le personnage principal du roman est une mère de famille marocaine, femme au foyer, vivant au Maroc avec son mari et ses deux fils. Elle connait une enfance difficile : orpheline, puis bonne dans une famille bourgeoise, elle s'est mariée à l'âge de 13 ans avec un homme plus vieux et peu affectueux. Elle est aujourd'hui devenue une femme forte, tendre, douée, cherchant à tout prix le bonheur des autres. Ses fils raconteront chacun à leur tour sa découverte de la civilisation et du droit des femmes. Ils l'aideront à s'émanciper et à devenir une femme libérée de l'isolement dans lequel les traditions veulent la tenir enfermée : « T'en fais pas, maman : on te prépare le nid et un jour tu naîtras. » (p. 94)

Dans les années trente, les traditions réservent à la femme marocaine une condition peu enviable. Considérée comme inférieure à l'homme, elle n'est pas instruite, ne travaille pas, est soumise à son mari et tenue de rester à la maison pour s'occuper du foyer. La mère des deux narrateurs est ainsi complètement isolée. Des êtres imaginaires ou des animaux lui tiennent lieu d'amis : le mouton destiné à être sacrifié, M. Kteu (le journaliste radio), M. Bell (le téléphone lui-même), M. Ohm (l'électricité). Émerveillée après sa découverte de l'existence du téléphone, elle se lie aussi d'amitié avec les opératrices du téléphone ou avec des inconnus qu'elle contacte par hasard.

Cette mère essaie peu à peu de s'adapter à l'apparition dans sa vie de ces nouvelles technologies venues d'Occident, même si elle éprouve encore quelques difficultés à se détacher des traditions : elle remplace les vêtements modernes de ses fils par d'autres, confectionnés à la manière traditionnelle avec la laine d'un mouton qu'elle tond elle-même, et refuse de porter la tenue « occidentale » que ses enfants lui ont offerte pour son anniversaire. Ainsi, par moments, elle a peur du changement et se demande s'il est vraiment préférable d'avoir découvert un nouveau monde, celui du progrès à l'occidentale.

M. KTEU

L'héroïne réagit à sa façon au fur et à mesure qu'elle découvre la modernité et la civilisation : elle trouve souvent une explication surnaturelle à ce qu'elle ne comprend pas ou détourne les objets de leur utilisation première. Ainsi, elle considère le fil d'un fer à repasser comme une possibilité de l'accrocher au mur.

Lorsqu'un jour, une énorme caisse qui contient une radio de la marque Blaupunkt arrive à la maison, les enfants sont aussi heureux que leur mère est craintive : elle est méfiante face à cette machine qu'elle ne connait pas. Ils lui expliquent alors que c'est une boite qui parle et qui donnera des nouvelles du monde entier. À partir du moment où ils la font fonctionner, la mère ne cesse de l'écouter, persuadée qu'un magicien se cache à l'intérieur. Elle surnomme ce dernier M. Kteu, faisant ainsi référence aux dernières lettres de la marque.

« Le petit loustic », surnom que donne Nagib à son petit

frère, tente d'expliquer l'électricité à sa mère : cette nouveauté est ainsi surnommée M. Ohm, en référence à Georg Simon Ohm (physicien allemand, 1789-1854). La mère conclut à l'arrivée d'un autre génie, M. Bell, lorsque le téléphone fait son entrée dans la maison. Après une première tentative très drôle, où elle tente de se faire comprendre auprès d'une opératrice du Central, la mère devient une habituée du téléphone : elle appelle des gens qu'elle ne connait pas à l'autre bout du pays. Avec l'aide de M. Kteu et des autres moyens de communication, elle s'instruit peu à peu, sans sortir de chez elle.

UN DÉLUGE D'ÉQUINOXE

Le fils cadet veut ensuite apprendre à lire à sa mère. Il lui enseigne également l'Histoire, la géographie et l'aide même à connaitre son propre corps en lui montrant des livres de médecine. Il tente de briser toutes ses idées reçues sur le monde qui l'entoure. Nagib s'occupe, quant à lui, de lui ouvrir un compte en banque et s'achète une voiture pour l'emmener là où elle le désire quand son père est absent. Il lui avoue que M. Kteu n'est pas un magicien et l'emmène voir le vrai M. Kteu, l'animateur radio. Grâce à ses deux fils, la mère ne cesse ainsi de découvrir de nouvelles choses jour après jour.

Toujours sur leur insistance, elle sort enfin de la maison et découvre avec ravissement son quartier, le soleil, la liberté. Tout ce qu'elle voit l'émerveille, particulièrement les arbres (son jeune fils la dessine souriante dans son cahier d'école), et suscite en elle des interrogations. La deuxième fois qu'elle quitte la maison, c'est pour se rendre au cinéma avec ses fils, alors qu'aucune femme n'y entre habituellement. Ignorant ce qu'est un film, la mère a du mal à discerner la réalité de la fiction : elle vit le film comme si l'histoire se déroulait réellement ses yeux. Elle ordonne même à Nagib d'aller délivrer le héros qui est attaché à un pilori. Durant l'entracte, la mère raconte sa propre vision du film, créant une nouvelle histoire qui passionne toute la salle, à tel point qu'un homme lui demande si elle est scénariste. Elle rentre à la maison, bouleversée : « Le monde extérieur et la violence de la liberté s'étaient abattus devant et sur elle comme un déluge d'équinoxe. » (p. 84)

À LA DÉCOUVERTE DE L'OCCIDENT

Le plus jeune fils part en Occident pour y poursuivre ses études en médecine. Nagib devient alors le narrateur et relate l'évolution de sa mère.

La mère de Nagib participe désormais activement à son émancipation. Elle se renseigne sur tous les conflits qui ont éclaté dans le monde et crée un grand étendard qui contient les drapeaux de toutes les démocraties. Elle décide aussi d'aller en personne parler au général Charles de Gaulle (homme d'État français, 1890-1970). Armée de son drapeau ainsi que d'un régime de dattes et accompagnée par ses amies, les copains de son fils et des passants, elle se présente devant un soldat qui garde la villa des généraux. Ce dernier refuse de les laisser entrer. Elle tente de lui donner les articles de la Constitution universelle des peuples non encore indépendants pour qu'il les transmette à de Gaulle, mais le militaire est plus intéressé par les dattes que par les raisons de sa présence. Les manifestants finissent par s'introduire dans le jardin et applaudissent de Gaulle qui est apparu à une fenêtre, les mains levées au ciel.

Un soir, le père, qui ne voit tout d'abord pas d'un bon œil l'évolution de sa femme, a une violente dispute avec elle. Alors que Nagib, le fils ainé, s'interpose pour défendre sa mère, cette dernière le réprimande et lui demande de présenter ses excuses à son père au lieu de le remercier comme il s'y attendait.

La mère enterre peu à peu sa vie passée, notamment grâce au geste symbolique de Nagib qui creuse un vaste trou afin qu'elle puisse y enfouir ses objets d'autrefois : « Chaque morceau de son passé, elle le tenait à bout de bras et le considérait longuement dans le soleil couchant. » (p. 141) Ils plantent ensuite un oranger au même endroit.

Elle modernise ensuite la maison en faisant venir des produits de France et décide de reprendre ses études. Le père, à qui l'évolution de son épouse avait d'abord été cachée, assiste à tous ces changements en oscillant entre tristesse et colère. Il finit pourtant par se rapprocher de son fils et par soutenir l'émancipation de sa femme. Cette dernière n'a de cesse d'apprendre : elle s'enferme dès qu'elle le peut dans son bureau pour étudier et n'hésite pas à faire partager ses nouvelles connaissances à sa famille. Elle participe aussi à des « déjeuners-débats », réunions au cours desquelles elle tente d'instruire ses amies, avec Nagib et d'autres jeunes, ce qui ne plait pas à tous les hommes.

Finalement, le père adhère de plus en plus à la transformation de sa femme. Il remet d'ailleurs en question ses propres croyances et espère une société nouvelle. Cela rend Nagib heureux.

La mère participe activement à l'indépendance du Maroc en étant de tous les meetings. Elle en organise même dans sa propre maison, avec l'aide de son mari. Elle réussit ses examens, se coupe les cheveux et décide de partir en France. Accompagnée de son fils ainé, elle veut rejoindre son jeune fils, qui s'est rendu là-bas pour poursuivre ses études, et ainsi découvrir l'Occident.

ÉTUDE DES PERSONNAGES

LA MÈRE

La mère, personnage principal du roman, est dans la première partie du livre une femme dont l'univers se limite à son mari, à ses deux enfants et à sa maison. Elle est la gardienne des traditions bien qu'elle n'ait pas forcément choisi de jouer ce rôle puisqu'elle a été mariée à 13 ans avec un homme plus âgé. Elle est présentée dans des scènes de la vie quotidienne où son ignorance, confrontée à des objets occidentaux (radio, téléphone, fer à repasser, cuisinière), fait sourire. Néanmoins, elle ne parait jamais ridicule : le regard tendre de ses enfants donne à voir une femme simple, candide et pure, capable de se réapproprier tout ce qu'elle touche.

En la poussant à sortir, ses deux fils la font naitre une seconde fois, à 35 ans, inversant alors le rapport de filiation. Elle découvre, grâce à eux, un nouveau monde, celui de la liberté. Si elle expérimente tout d'abord l'angoisse d'être sortie de sa « prison », elle finit par s'émanciper du carcan des traditions. Elle commence par apprendre à lire et finit par devenir un membre actif du mouvement de libération des femmes et, plus généralement de son peuple et des pays du Tiers Monde. Les cheveux coupés, son permis de conduire et son diplôme en poche, elle décide à la fin de rejoindre son jeune fils en France pour élargir encore ses connaissances.

Le livre raconte donc son éclosion culturelle. Bien que cette conquête de la liberté s'accompagne de changements radicaux, elle ne porte pas atteinte à sa sincérité, son humour et son amour pour sa famille.

LE FILS CADET

Le fils cadet est le narrateur de la partie « Être ». Doué à l'école, il est celui qui part en France poursuivre des études de médecine et qui, le premier, forme culturellement sa mère. Il adore son grand frère qui le surnomme « le petit loustic », admire sa force, sa bonne nature et l'amour merveilleux qu'il porte à leur mère. Il a toutefois un regard moins enthousiaste vis-à-vis de son père, notamment lorsqu'il décrit le rapport que celui-ci entretient avec sa mère : il lui reproche son manque de tendresse et le tient quelque peu responsable de l'enfermement de cette dernière.

NAGIB

Nagib est le narrateur de la partie « Avoir » et le seul personnage nommé, sans qu'on ne sache pourquoi. Fils ainé, il est celui qui reste aux côtés de sa mère. Grand, fort et débrouillard, il décide d'arrêter les cours afin de se consacrer à sa « contre-école ». Cette école de la rue lui permet, d'une part, de gagner facilement de l'argent, et d'autre part, de mieux suivre l'évolution culturelle de sa mère. Très fier de cette dernière, il la protège et répond présent à chaque fois qu'elle a besoin de lui, même lorsqu'il s'agit de mettre en place des actions loufoques telles que son projet de rencontrer Charles de Gaulle. Par sa fonction de confident, il joue également un rôle important dans la prise de conscience de son père vis-à-vis de l'évolution de sa mère et de la dimension positive de celle-ci.

LE PÈRE

Le père est très peu présent dans la première partie du livre. Les premiers pas de sa femme vers la liberté se font dans son dos, lorsqu'il travaille. Commerçant, il assure à sa famille un certain confort. Il croit d'ailleurs que le bonheur de son épouse réside dans la possession de nouvelles technologies, et ne semble pas remarquer qu'elle n'y comprend rien. Conditionné par les traditions, il n'accepte pas, au départ, l'émancipation de sa femme. Pourtant, il devient peu à peu un appui certain pour elle dans son combat pour son affranchissement. À la fin du roman, il la conduit au port et accepte que toute sa famille quitte le Maroc pour la France.

Il symbolise la seconde libération qui s'opère dans ce roman, car il se libère lui aussi du poids de la tradition en portant un regard neuf non seulement sur sa femme mais aussi sur le rôle de la femme dans la société en général :

> « Quand elle entre maintenant dans cette maison, je me lève aussitôt et ce n'est pas seulement une femme nouvelle que je vois devant moi mais, à travers elle, un homme nouveau, une société nouvelle, un monde jeune et neuf. » (p. 174)

CLÉS DE LECTURE

UN RÉCIT AUTOFICTIONNEL

« L'autofiction, c'est la fiction que j'ai décidé, en tant qu'écrivain, de me donner à moi-même et par moi-même » écrivait Serge Doubrovsky (écrivain et critique littéraire français, né en 1928) dans son ouvrage Autobiographiques : de Corneille à Sartre (p. 77). L'autofiction est un genre qui se rapproche du roman autobiographique au point d'être à la source de nombreux désaccords théoriques. Pour Gérard Genette (critique littéraire et théoricien de la littérature, né en 1930), l'autofiction n'est en fait que le retour d'un procédé traditionnel visant à permettre à l'auteur de pénétrer dans la fiction. Vincent Colonna (écrivain algérien, né en 1958), dans sa thèse intitulée L'autofiction, essai sur la fictionalisation de soi en littérature (1989) indique que toute œuvre dans laquelle l'auteur « s'invente une personnalité et une existence tout en conservant une identité réelle » peut être considérée comme relevant de l'autofiction. Le terme d'autofiction est postérieur à l'écriture de La Civilisation, ma mère !... mais, en tenant compte des avis de Genette (pour qui l'autofiction n'est pas un nouveau genre) et de Colonna (qui explique que lorsque l'auteur s'invente une existence, alors l'œuvre est autofictionnelle), il devient possible de considérer *La Civilisation, ma mère !...* comme une autofiction.

L'autobiographie est un récit introspectif en prose dans lequel l'auteur est lié au lecteur par un pacte autobiographique selon lequel l'auteur s'engage à un devoir de sincérité et de vérité. En cela, il se distingue du roman autobiographique qui est un récit de fiction puisant son inspiration dans la vie de l'auteur. L'autofiction, terme inventé en 1977 par Serge Doubrovsky, s'affranchit lui aussi du pacte autobiographique, mais, contrairement au roman autobiographique, il conserve l'identité commune entre l'auteur, le narrateur et le protagoniste. Ainsi, *Un barrage contre le Pacifique* (1950) de Marguerite Duras (écrivaine et cinéaste française, 1914-1996) est un roman autobiographique alors que *L'Amant* (1984) du même auteur est une autofiction.

La focalisation du roman étant interne, le narrateur est un personnage de l'histoire. Ainsi, dans la première partie, l'histoire est narrée par le cadet de la famille. Bien que jamais nommé, on peut le rapprocher de l'auteur Driss Chraïbi lui-même : ce dernier était enfant dans ces mêmes années, il vivait également au Maroc et il a suivi sa scolarité en France, comme le jeune narrateur qui a poursuivi ses études de médecine de l'autre côté de la Méditerranée. On peut donc supposer qu'il y a, d'une certaine façon équivalence, entre l'auteur et ce narrateur.

Pourtant, certaines différences entre l'auteur et le narrateur parsèment le récit, faisant de cet écrit une fiction et non une autobiographie. Ainsi, Driss Chraïbi :

- poursuit des études de chimie et non de médecine ;
- n'a pas de frère qui s'appelle Nagib ;
- ne reconnait pas sa propre mère dans celle du roman, comme il en témoigne dans son roman autobiographique *Le Monde à côté* en 2001.

La Civilisation, ma mère !... tient donc surtout de l'autofiction ou du moins, est un roman précurseur de l'autofiction, puisqu'il a été publié cinq ans avant l'invention du terme. Il y a en effet assimilation entre l'un des narrateurs, l'auteur et l'un des protagonistes, bien que le sujet principal soit la mère. Les narrateurs ne se racontent pas, l'attention est portée sur leur mère. Ainsi, on a un récit dans le cadre de l'intime, mais dont le sujet n'est pas le narrateur lui-même. La notion « d'autobiographie » pose alors un problème, car peut-on réellement parler d'autobiographie quand un narrateur ne se raconte pas lui-même ? La fiction puise ses sources dans le vécu de Driss Chraïbi, qui semble se jouer du pacte autobiographique : il raconte l'histoire d'une mère fantasmée, inspirée de la sienne.

LA FIGURE DE LA MÈRE
DANS LA LITTÉRATURE

La mère est un topos (lieu commun) dans la littérature contemporaine et plus particulièrement dans le genre autobiographique. *Le Château de ma mère* (1957) de Marcel Pagnol (écrivain et cinéaste français, 1895-1974) ou *Le Livre de ma mère* (1954) d'Albert Cohen (écrivain suisse de langue française, 1895-1981) en sont l'illustration.

Le but est bien souvent de rendre hommage à sa propre mère en travaillant l'image d'une femme forte, affectueuse et dévouée. Le projet autobiographique s'y prête bien, car il est le lieu de la recherche des origines, de l'analyse des ascendants pour mieux se comprendre soi-même. Chez Driss Chraïbi, cet éloge de la mère peut être considéré comme un éloge des femmes qui ont réussi à se libérer (la mère devient donc, pour ses lectrices, un modèle) ainsi qu'un éloge de la civilisation, qui permet de progresser dans le domaine des mœurs, des connaissances et des idées.

L'ÉMANCIPATION DE LA MÈRE

La femme magrébine, par tradition, appartient au monde de l'intérieur. Elle est du registre de l'intimité, et l'homme se doit de la tenir à l'abri des regards du monde extérieur. La maison devient une cage, un tombeau dans lequel la mère vit recluse, dissimulée aux yeux du monde. Dans la diégèse du roman (c'est-à-dire dans la narration), nous suivons non pas l'émancipation de toutes les femmes mais bien celle de la principale femme du roman, la mère.

Dans ce pays où la tradition est profondément ancrée dans les mentalités, la modernité s'est introduite en plusieurs étapes dans la vie de la mère. Tout d'abord, c'est la civilisation (qui représente le progrès, la modernité) qui entre dans la maison-tombeau, via la TSF, le téléphone, l'électricité, etc. Ces éléments, importés de l'extérieur par le père, laissent entrevoir une brèche qui permet à cet ailleurs de s'engouffrer dans la maison. La mère est d'abord attirée par la radio, qui lui donne des nouvelles du monde extérieur, puis par le téléphone, qui lui permet d'entrer directement en contact avec celui-ci. La deuxième étape consiste à se confronter directement avec ce monde nouveau, en sortant de chez elle. C'est à cette occasion que la robe qu'elle porte la révèle à sa féminité. S'institue dès lors un mouvement en entonnoir qui l'amène à voir toujours plus grand : tout d'abord intriguée par son propre pays (qu'elle découvre en le sillonnant lors de ses déjeuners avec ses nombreuses amies), elle s'ouvre ensuite au monde et part découvrir l'Occident. L'évolution de la mère est ainsi croissante. D'abord simple figurante vivant dans un cocon de tradition, elle prend forme humaine, celle d'une véritable femme, et part littéralement à la découverte du monde.

Le motif même de la maternité est également central dans le roman. Tandis que la mère a mis au monde ses deux fils, ce sont ses enfants qui, à leur tour, la font naitre en lui permettant de découvrir le monde occidental.

Les titres des deux parties du roman sont significatifs de ces étapes primordiales de l'émancipation de la mère. La première partie s'intitule « Être » : c'est dans celle-ci que la mère nait et devient une femme. En ce sens, elle prend vie, elle « est ». La seconde partie a pour titre « Avoir » et symbolise son apprentissage de la sagesse, de la connaissance et du savoir. La mère se met à acquérir des connaissances, à posséder un savoir et à s'affirmer.

LA PLACE DU PÈRE

Si la mère est au centre du roman, le père n'en est pas absent, bien qu'il soit peu présent. Le père est, au départ, l'opposé de la figure maternelle. Il personnifie le système dans lequel est enfermée la mère et duquel ses enfants tentent de la sortir. La figure paternelle était déjà présente dans le premier roman de Chraïbi *Le Passé simple* (1954). À la différence de cette précédente itération, l'époux n'est cette fois plus un patriarche sadique et tyrannique, mais un spectateur. Ce n'est pas une force active, il subit en un sens lui aussi le poids de la tradition sans remettre en question le fonctionnement de sa société, mais finit par évoluer :

- **il est un produit de son époque**. En cela, il ne questionne pas le monde dans lequel il vit, bien qu'il suive la marche du progrès. C'est lui qui « introduit la civilisation » à la maison, en procurant à son foyer la transmission sans fil, le téléphone et l'électricité. Il permet l'accès à la civilisation, mais s'abstient « d'éduquer » sa femme sur ces nouveautés. Dès lors, ce sont les fils qui assument ce rôle. Le père ne questionne pas les préjugés de la société magrébine concernant les rapports homme/femme et parent/enfant. Ce faisant, il se tient en retrait et ne participe pas à l'éclosion de sa femme qui se fait à son insu ;
- **il est un figurant dans le roman**. Figure lointaine qui n'est que ponctuellement évoquée par le plus jeune fils dans la première partie, il obtient finalement un rôle, devenant un spectateur passif de l'histoire, dans la seconde partie. Il y occupe davantage de place, mais uniquement après l'altercation avec Nagib dans laquelle il se retrouve

en position de faiblesse. Le père voit ses préjugés mis à mal, et se rend compte trop tard de l'évolution de sa femme ;

- **il est en permanente évolution**. De figure vaporeuse et absente, il devient un opposant (passif cependant) à l'émancipation de sa femme pour finalement devenir un spectateur admiratif de son épouse. Son statut de figurant l'empêche d'agir auprès de sa femme, mais il suit finalement son évolution avec beaucoup d'enthousiasme. Il se transforme en figure de l'acceptation, achevant lui aussi une métamorphose qui l'amène à tourner le dos à des traditions pourtant profondément ancrées en lui.

Au début du roman, il personnifie à lui seul les traditions de la société magrébine de cette première moitié du XXe siècle. Mais celui-ci, au contact de la jeunesse (sa femme et ses fils), évolue et s'ouvre au progrès. En cela, il représente l'espoir de l'auteur de voir le monde arabe changer, se délester du poids des traditions pour appréhender un avenir qui laisserait sa place tant aux hommes qu'aux femmes.

UN HUMOUR TENDRE

Cette émancipation se prête à un certain humour, caractéristique de l'écriture de l'auteur. Dans la première partie de *La Civilisation, ma mère !...*, il joue surtout sur un comique de situation en plaçant la mère face à des objets issus de la modernité. Sa méconnaissance de ces ustensiles l'amène à se les réapproprier avec ses propres repères et croyances. Ainsi, elle pense qu'un génie habite la radio, transforme une cuisinière en armoire et confond la fiction et la réalité au cinéma : autant de scènes au cours desquelles le lecteur ne peut s'empêcher de rire.

Dans la seconde partie, c'est davantage un comique de caractère qui domine. La mère brille par son obstination. Elle n'hésite pas à travailler toute la nuit pour tisser un drapeau qui réunit l'ensemble des démocraties et pour créer les articles d'une nouvelle constitution. Le lendemain, elle souhaite rencontrer Charles de Gaulle afin de s'entretenir avec lui sur les injustices de la colonisation et, pour convaincre le garde, lui offre des dattes et lui parle de façon très maternelle, en vain.

Dans tous les cas, le regard des enfants-narrateurs est toujours tendre et admiratif. Il donne à voir non pas une femme ridicule, mais une mère pure, éprise de sincérité.

UN ROMAN ENGAGÉ

L'engagement de Driss Chraïbi n'est pas univoque et concerne plus d'un sujet. Il n'épargne aucune société dans la dénonciation des injustices. Ce roman est donc pour lui l'occasion de critiquer aussi bien la société traditionnelle marocaine que la civilisation occidentale.

- **Critique de la société traditionnelle marocaine.** L'auteur dénonce une société qui contraint la femme à la solitude et à l'ignorance :

  > « Habituée depuis qu'elle était au monde, [...] à la stricte vie intérieure [...], elle avait toujours été entourée d'une pluie de silence et les seuls dialogues qu'elle pouvait avoir avec les

trois étrangers qui habitaient avec elle, c'était ça : le ménage et les repas. » (p. 83)

Les rôles attribués à chaque sexe sont clairement délimités et paraissent sclérosés : l'homme (le père ici) représente l'autorité, il est cultivé et subvient aux besoins financiers de sa famille, tandis que la femme est assignée aux tâches ménagères et n'est pas autorisée à sortir de la maison. En racontant l'éveil à la conscience qui s'opère chez la mère, c'est le droit à l'éveil des consciences de toutes les femmes que l'auteur défend. Selon Chraïbi, certains éléments l'aident dans cette éclosion (et peuvent donc aider toutes les femmes) : les objets de la vie moderne, qui permettent le contact avec l'extérieur, et l'apprentissage de connaissances qui permet de développer un esprit critique et de battre en brèche les idées reçues. Ainsi, l'ouverture intellectuelle va de pair avec l'émancipation.

- **Critique de la civilisation occidentale**. Même si l'Occident est perçu comme le symbole de la liberté de la femme, il présente également des travers qui sont eux aussi évoqués. C'est la pureté du regard de la mère qui permet, lorsqu'elle est confrontée aux problématiques occidentales, de poser des questions pleines de bon sens. Elle ne comprend pas pourquoi les pays colonisés n'ont pas leur propre drapeau, soulevant ainsi la question de la souveraineté des nations du Tiers Monde, étouffée par les pays colonisateurs. Elle se bat pour l'indépendance du Maroc et pour que les pays du Tiers Monde cessent d'être exploités par l'Occident, tandis qu'au moment où la Seconde Guerre mondiale (1939-1945) fait rage, elle rêve d'une paix utopique entre tous les pays, essayant même de rencontrer le général de Gaulle pour le convaincre d'amorcer la paix.

UN ROMAN FÉMINISTE ?

Le féminisme est un mouvement militant pour l'amélioration du rôle et des droits des femmes dans la société (*Larousse*). Au regard de cette définition, le personnage de la mère apparait comme une figure féministe par son évolution. Mais cela signifie-t-il que le roman est lui-même féministe ?

La Civilisation, ma mère !... est perçu comme un cri de révolte poussé par l'auteur en faveur des femmes. Pourtant, il s'agit avant tout d'un cri d'amour d'un fils à sa mère. Dans le roman, c'est lui qui transforme sa mère en femme, réalisant un fantasme à la dimension œdipienne : les enfants libèrent leur mère du giron paternel afin qu'elle leur revienne exclusivement. La scène pivot du livre est celle où la mère apparait avec ses talons et sa robe : sa féminité y est exacerbée et se révèle à ses fils. Il n'est pas question de parler de l'émancipation effective de toutes les femmes dans la narration du roman, mais d'une seule.

La civilisation est représentée par le monde occidental, rêve d'émancipation des populations colonisées. La mère, une fois sortie de son cocon, y est attirée. Notons cependant qu'à aucun moment elle ne devient réellement indépendante. Paradoxalement, bien que ses fils s'efforcent à l'émanciper, ils la maintiennent dans le même temps dans sa condition de femme, dépendante des hommes. En effet, à chaque instant, un homme est présent à ses côtés dans son apprentissage de la vie. Ainsi, ce sont ses fils qui l'éduquent, tandis que Nagib la suit partout et fait office de conducteur. Sa métamorphose n'est réellement achevée qu'une fois la reconnaissance de son mari obtenue : elle est alors instruite et relativement indépendante. Pourtant, lorsqu'elle part pour retrouver son plus jeune fils, elle est là encore accompagnée de Nagib qui s'impose dans le bateau, l'empêchant de voyager seule.

La Civilisation, ma mère !... ne raconte pas l'émancipation de toutes les femmes, mais celle d'une seule. La mère, par son désir d'émancipation, est une figure progressiste et féministe sans que la société magrébine des années trente ne connaisse un mouvement d'émancipation global des femmes. Toutefois, le roman s'adressant à un lectorat, il a forcément une dimension inspiratrice : il encourage les lectrices à amorcer le même mouvement d'émancipation que la mère. Il n'est pourtant pas uniquement question de féminisme dans le roman. Le poids des traditions est toujours présent, même de façon inconsciente. Plus qu'un roman féministe, *La Civilisation, ma mère !...* apparait donc comme le roman de l'émancipation, qu'elle s'opère par rapport aux hommes ou par rapport aux traditions. L'expression employée par Driss Chraïbi « un déluge d'équinoxe » en est révélatrice : elle permet d'insister sur les changements radicaux que perçoit la mère. Le déluge renvoie au mythe diluvien, qui est la destruction d'un ancien monde pour en créer un nouveau, tandis que l'équinoxe évoque la révolution, le passage d'une saison à une autre, symbolisant par là même la révolution que la mère vient de connaitre.

PISTES DE RÉFLEXION

QUELQUES QUESTIONS POUR APPROFONDIR SA RÉFLEXION...

- Pourquoi le père fait-il entrer, dans la vie de sa femme, des produits issus de la modernité ?
- Qu'est-ce qui empêche la mère de sortir de la maison au début du roman ?
- En quoi la société marocaine des années trente est-elle présentée comme une société patriarcale ?
- Citez les traits de caractère de la mère qui apparaissent d'un bout à l'autre du roman.
- En la faisant sortir de sa « prison », les enfants se rendent compte que leur mère éprouve de l'angoisse. Pourquoi selon vous ?
- En quoi l'engagement de l'auteur n'est-il pas univoque ?
- Comment le général de Gaulle est-il perçu dans l'œuvre ?
- Lisez une biographie documentée de l'auteur et dégagez les éléments réellement vécus et ceux imaginés.
- Une des problématiques récurrentes dans les littératures francophones est la quête identitaire. En quoi ce roman est-il le récit d'une quête identitaire ?
- Comparez *La Civilisation, ma mère !* et *Le Passé simple*. En quoi ces deux romans se différencient-ils ?

POUR ALLER PLUS LOIN

ÉDITION DE RÉFÉRENCE

- Chraïbi D., *La Civilisation, ma mère !...*, Paris, Gallimard, coll. « Folio », 1972, 180 p.

ÉTUDES DE RÉFÉRENCE

- Colonna V., *L'autofiction, essai sur la fictionalisation de soi en littérature*, thèse de doctorat en linguistique, sous la direction de Gérard Genette, Paris, École des hautes études en sciences sociales, 1989.
- Doubrovsky S., *Autobiographiques : de Corneille à Sartre*, Paris, PUF, coll « perspectives critiques », 1988.
- Gans-Guinoune A.-M., *Driss Chraïbi : de l'impuissance de l'enfance à la revanche par l'écriture*, Paris, L'Harmattan, 2006.
- Gasparini P., *Est-il Je ? Roman autobiographique et autofiction*, Paris, Seuil, 2004.
- Hubier S., *Littératures intimes : les expressions du moi de l'autobiographie à l'autofiction*, Malakoff, Armand Colin, 2003.
- Kadra-Hadjadi H., *Contestation et révolte dans l'œuvre de Driss Chraïbi*, Paris, Publisud, 1986.

Retrouvez notre offre complète sur lePetitLittéraire.fr

- des fiches de lectures
- des commentaires littéraires
- des questionnaires de lecture
- des résumés

ANOUILH
- Antigone

AUSTEN
- Orgueil et Préjugés

BALZAC
- Eugénie Grandet
- Le Père Goriot
- Illusions perdues

BARJAVEL
- La Nuit des temps

BEAUMARCHAIS
- Le Mariage de Figaro

BECKETT
- En attendant Godot

BRETON
- Nadja

CAMUS
- La Peste
- Les Justes
- L'Étranger

CARRÈRE
- Limonov

CÉLINE
- Voyage au bout de la nuit

CERVANTÈS
- Don Quichotte de la Manche

CHATEAUBRIAND
- Mémoires d'outre-tombe

CHODERLOS DE LACLOS
- Les Liaisons dangereuses

CHRÉTIEN DE TROYES
- Yvain ou le Chevalier au lion

CHRISTIE
- Dix Petits Nègres

CLAUDEL
- La Petite Fille de Monsieur Linh
- Le Rapport de Brodeck

COELHO
- L'Alchimiste

CONAN DOYLE
- Le Chien des Baskerville

DAI SIJIE
- Balzac et la Petite Tailleuse chinoise

DE GAULLE
- Mémoires de guerre III. Le Salut. 1944-1946

DE VIGAN
- No et moi

DICKER
- La Vérité sur l'affaire Harry Quebert

DIDEROT
- Supplément au Voyage de Bougainville

DUMAS
- Les Trois
  Mousquetaires

ÉNARD
- Parlez-leur
  de batailles,
  de rois et
  d'éléphants

FERRARI
- Le Sermon sur la
  chute de Rome

FLAUBERT
- Madame Bovary

FRANK
- Journal
  d'Anne Frank

FRED VARGAS
- Pars vite et
  reviens tard

GARY
- La Vie devant soi

GAUDÉ
- La Mort du
  roi Tsongor
- Le Soleil des
  Scorta

GAUTIER
- La Morte
  amoureuse
- Le Capitaine
  Fracasse

GAVALDA
- 35 kilos d'espoir

GIDE
- Les
  Faux-Monnayeurs

GIONO
- Le Grand
  Troupeau
- Le Hussard
  sur le toit

GIRAUDOUX
- La guerre de
  Troie
  n'aura pas lieu

GOLDING
- Sa Majesté des
  Mouches

GRIMBERT
- Un secret

HEMINGWAY
- Le Vieil Homme
  et la Mer

HESSEL
- Indignez-vous !

HOMÈRE
- L'Odyssée

HUGO
- Le Dernier Jour
  d'un condamné
- Les Misérables
- Notre-Dame
  de Paris

HUXLEY
- Le Meilleur
  des mondes

IONESCO
- Rhinocéros
- La Cantatrice
  chauve

JARY
- Ubu roi

JENNI
- L'Art français
  de la guerre

JOFFO
- Un sac de billes

KAFKA
- La Métamorphose

KEROUAC
- Sur la route

KESSEL
- Le Lion

LARSSON
- Millenium I. Les
  hommes qui
  n'aimaient pas
  les femmes

LE CLÉZIO
- Mondo

LEVI
- Si c'est un
  homme

LEVY
- Et si c'était vrai...

MAALOUF
- Léon l'Africain

SCHMITT
- La Part de l'autre
- Oscar et la Dame rose

SEPULVEDA
- Le Vieux qui lisait des romans d'amour

SHAKESPEARE
- Roméo et Juliette

SIMENON
- Le Chien jaune

STEEMAN
- L'Assassin habite au 21

STEINBECK
- Des souris et des hommes

STENDHAL
- Le Rouge et le Noir

STEVENSON
- L'Île au trésor

SÜSKIND
- Le Parfum

TOLSTOÏ
- Anna Karénine

TOURNIER
- Vendredi ou la Vie sauvage

TOUSSAINT
- Fuir

UHLMAN
- L'Ami retrouvé

VERNE
- Le Tour du monde en 80 jours
- Vingt mille lieues sous les mers
- Voyage au centre de la terre

VIAN
- L'Écume des jours

VOLTAIRE
- Candide

WELLS
- La Guerre des mondes

YOURCENAR
- Mémoires d'Hadrien

ZOLA
- Au bonheur des dames
- L'Assommoir
- Germinal

ZWEIG
- Le Joueur d'échecs

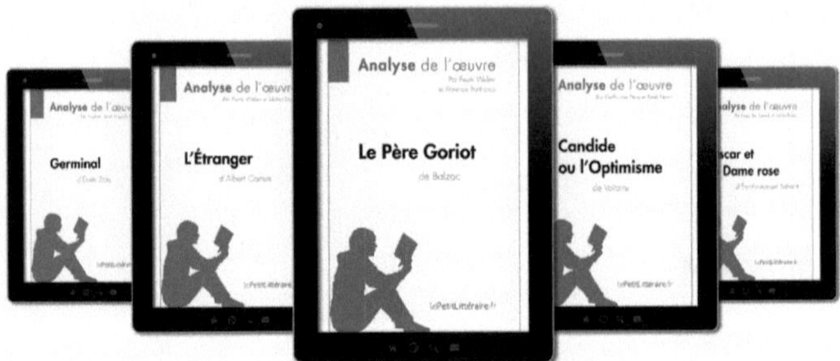

www.lepetitlitteraire.fr

ISBN version numérique : 978-2-8062-9193-6
ISBN version papier : 978-2-8062-9194-3
Dépôt légal : D/2016/12603/919

Avec la collaboration de Nasim Hamou pour les chapitres
« Un récit autofictionnel », « L'émancipation de la mère »,
« La place du père » et « Un roman féministe ? ».

Conception numérique : Primento,
le partenaire numérique des éditeurs.

Ce titre a été réalisé avec le soutien de la Fédération
Wallonie-Bruxelles, Service général des Lettres et du Livre.